CATALOGUE

DE

TABLEAUX

ANCIENS

Mᵉ **DELBERGUE-CORMONT**, Commissaire-Priseur.

M. DHIOS fils, Appréciateur.

RENOU ET MAULDE

IMPRIMEURS DE LA COMP.¹ DES COMMISSAIRES-PRISEURS

rue de Rivoli, 144.

CATALOGUE

D'UNE

JOLIE COLLECTION

DE

TABLEAUX

DES DIFFÉRENTES ÉCOLES

COMPOSANT LE CABINET D'UN AMATEUR

DONT LA VENTE AURA LIEU

HOTEL DES COMMISSAIRES-PRISEURS,

RUE DROUOT, N. 5,

Salle n° 2 au premier étage

Le Vendredi 13 Novembre 1857, à 2 heures,

Par le ministère de Me **DELBERGUE-CORMONT**, Commis-Priseur,
8, rue de Provence ;

Assisté de M. **DHOS** fils, Appréciateur,
rue Lepelletier, 33.

Chez lesquels se distribue le présent Catalogue.

EXPOSITION PUBLIQUE

Le Jeudi 12 Novembre 1857, de midi à cinq heures

PARIS

RENOU ET MAULDE, IMPRIMEURS DE LA COMPAGNIE DES COMMISSAIRES-PRISEURS
Rue de Rivoli, 144.

1857

CONDITIONS DE LA VENTE.

La vente sera faite au comptant.

Les acquéreurs payeront, en sus desadjudications, cinq pour cent en plus, applicables aux frais.

La collection de Tableaux que nous offrons au public composait le cabinet d'un homme de goût, d'un Amateur distingué. C'est le meilleur éloge que nous puissions en faire.

Le public, nous en avons l'espoir, confirmera notre opinion.

DÉSIGNATION

DES

TABLEAUX

ALBANE (ÉCOLE DE L')

1 — Amours jouant avec les armes de Mars.

ALBANE (ÉCOLE DE L')

2 — Pendant du précédent.

VAN ARTOIS ET DAVID TENIERS

3 — Paysage avec figures.

BAROCHE

4 — Tête d'étude.

BREUGHEL DE VELOURS

5 — Allégories représentant la Terre.

DU MÊME

6 — Allégories représentant l'Eau.

VAN BALEN

7 — Diane et Actéon.

BARTHOLOMÉ BREEMBERG

— Actéon surprenant Diane endormie.

CANALETTI

9 — Vue de l'Arc Constantin, à Rome.

DU MÊME

10 — Vue du Capitole, à Rome.

CORRÉGE (ÉCOLE DU)

11 — Nymphes et Faunes.

DOMINIQUIN

12 — Martyre de Sainte Catherine.

VAN ECKOUHT

13 — L'Ange chez Tobie.

GUIDE (ATTRIBUÉ AU)

14 — Tête d'étude.

GIORGION (ATTRIBUÉ AU)

15 — Satan cherche à tenter Jésus-Christ.

GRIMOU

16 — Portrait de jeune femme

GREUZE (D'APRÈS)

17 — La bonne Mère.

OUDRY (ATTRIBUÉ A)

18 — Nature morte : gibier.

GÉRARD HOET (SIGNÉ)

19 — Offrande à Vénus Genitrice.

HUISMANS DE MALINES

20 — Paysage avec figures.

HONDEKOETER

21 — Oiseaux de basse-cour.

JOSEPIN

22 — Diane et Actéon.

JORDAENS

23 — Bacchanale.

KOBELL D'UTRECHT

24 — Animaux dans un paysage.

LANTARA

25 — Paysage : effet de soleil levant.

LÉPICIÉ

26 — Jeune Fille étendue sur un lit.

LANCRET

27 — Le Joueur de flûte.

Cette composition est gravée.

LOCATELLI (ATTRIBUÉ A)

28 — Toilette de Vénus.

VANDER MEULEN (SIGNÉ)

29 — Combat de cavaliers.

MICHEL

30 — Paysage avec figures et animaux.

EMMANUEL MURANT

31 — Vue des bords du Rhin.

ADRIEN VANDER NEER (SIGNÉ)

32 — Un Embarquement aux flambeaux.

EGLON VANDER NEER

33 — La Femme à l'huître.

PATEL

34 — Marine : effet de soleil couchant.

DU MÊME

35 — Paysage : effet de soleil levant.

ROSALBA

56 — Portrait d'une jeune femme.   (Pastel.)

JACQUES RUYSDAEL ᴇᴛ NICOLAS BERGHEM

37 — Paysage avec animaux.

RUBENS (ATTRIBUÉ A)

38 — L'Élévation du Serpent d'airain.   (Esquisse.)

RUBENS (ÉCOLE DE)

39 — Vénus allaitant l'Amour.

SCHOEVAERTS

40 — Paysage avec figures et animaux.

DAVID TENIERS

41 — Scène d'intérieur.

DU MÊME

42 — Les Misères de la guerre.

DU MÊME

43 — Fumeurs dans un intérieur.

TAUNAY

44 — Enfance de Paul et Virginie.

DU MÊME

45 — Séparation de Paul et Virginie.

Pendant du précédent.

LOUIS CARRACHE (ATTRIBUÉ A)

46 — La Vierge et l'Enfant Jésus.

VELASQUEZ (ATTRIBUÉ A)

47 — Portrait équestre de don Juan d'Autriche.

ÉCOLE ITALIENNE

48 — Hercule filant aux pieds d'Omphale.

VALIN

49 — Buste d'enfant.

ÉCOLE FRANÇAISE

50 — Portrait de jeune fille.   (Miniature.)

GREUZE (D'APRÈS)

51 — Portrait d'enfant.   (Miniature.)

RENOU et MAULDE, Imprimeurs de la Compagnie des Commissaires-Priseurs,
rue de Rivoli, 144.   6017

www.ingramcontent.com/pod-product-compliance
Lightning Source LLC
Chambersburg PA
CBHW061523170626
46811CB00004B/1816